L'espace n'est pas une poubelle !

D'après l'œuvre originale de Serge Bloch

bayard jeunesse

Les personnages de l'histoire

SamNounours

SamSam

Marchel Ier

SamSam et SamNounours
se baladent tranquillement dans
l'espace infini quand, soudain,
ils se trouvent pris dans un tourbillon
de déchets... Un héros cosmique
ne peut tolérer que l'on pollue ainsi
sa galaxie !

1. Une mauvaise surprise

Ce matin, SamSam et SamNounours se promènent tranquillement dans l'espace. Ils admirent le ciel.

— Comme c'est beau ! dit SamNounours. Quelle pureté...

— Une pureté infinie ! renchérit SamSam.

Tout à coup... Vzzzz !
Un énorme pneu noir surgit devant eux.

SamSam pilote habilement sa soucoupe, et évite l'accident. ⊙uf !

Aussitôt après, la Samsoucoupe manque de heurter un grand couvercle rouillé. Et plein d'autres détritus tourbillonnent dans l'espace infini : des tuyaux, des boîtes, des pots...

— ⊙ooooooh ! s'exclame SamNounours.

— C'est trop dégoûtant ! Les gens jettent vraiment n'importe quoi n'importe où ! s'indigne SamSam.

Peu après, cachés derrière une météorite, SamSam et SamNounours aperçoivent deux bonshommes verts dans un engin spatial.

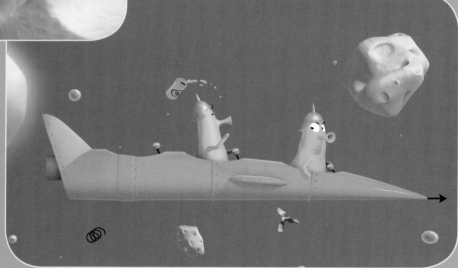

Ils rigolent en balançant par-dessus bord une peau de banane et une canette vide. Alors que leur vaisseau est déjà loin, on entend encore leur rire résonner dans l'espace infini.

— Les Marchiens ! Voilà les coupables ! s'écrie SamSam.

— Évidemment, soupire SamNounours. Comme, sur March, ils n'ont le droit de rien faire, ils se défoulent dès qu'ils sortent de chez eux !

— Ce n'est pas une excuse ! On ne peut pas laisser toutes ces saletés polluer notre cosmos ! s'exclame SamSam, les sourcils froncés. Aide-moi, SamNounours, on va les récupérer et les jeter dans le Trou noir !

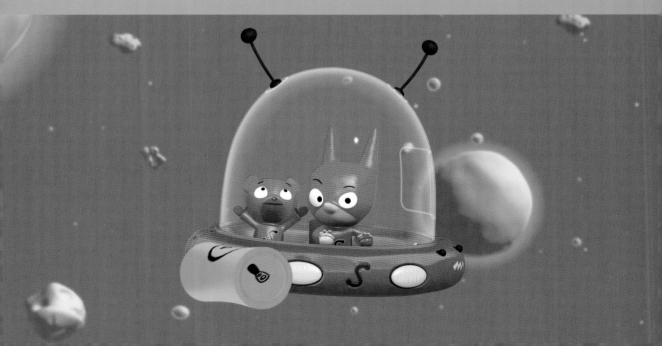

2. Mission « nettoyage »

Hop ! Plein d'entrain, SamNounours attrape un détritus et le pose dans la Samsoucoupe. Et hop ! il en récupère un second, un troisième, un quatrième...
— Vive les éboueurs de l'espace ! chantonne-t-il.
SamNounours nettoie, SamSam pilote... Quel duo efficace !

Rapidement, une montagne de déchets remplit le vaisseau. Les deux amis vont les jeter dans le Trou noir. Soudain, ils entendent un terrible vacarme : Booooooorg ! Le Trou noir se réveille ! Une puissante spirale d'air se forme, tourne, tourne... Et attire la Samsoucoupe.

— Vite ! Partons avant d'être aspirés avec les ordures ! s'écrie SamSam.

Il accélère et prend la direction de la planète March.

— Tu ne veux pas qu'on continue à nettoyer ? s'étonne SamNounours.

— Nettoyer, c'est bien, mais il vaut mieux cesser de polluer !

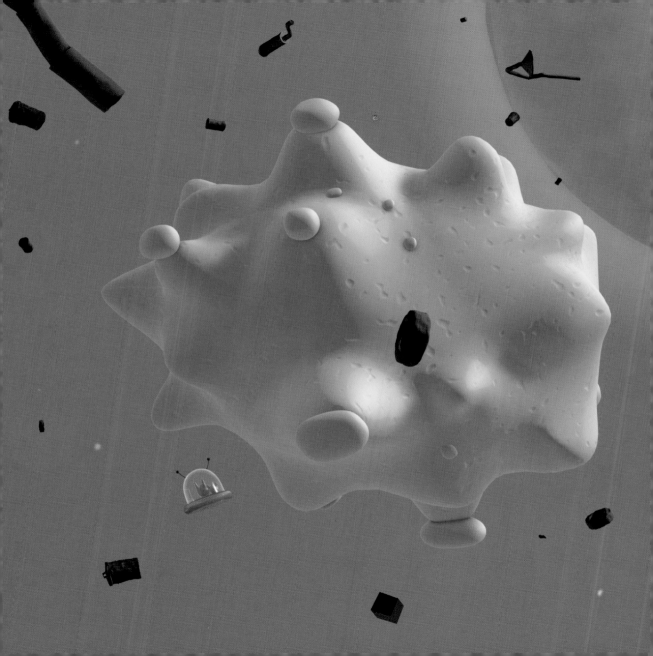

3. Au cachot !

Arrivés sur March, SamSam et SamNounours s'adressent à un garde de Marchel Ier :

— Bonjour ! On aimerait voir le roi ! lance SamSam d'un ton décidé.

Devant tant d'assurance, le garde éclate de rire :

— Ha, ha, ha ! Vous chouhaitez une audienche avec Cha Majechté ?

Dans la salle voisine, Marchel Ier a entendu SamSam :

— Qu'est-che qu'il veut encore, che ChamCham ? Laichez-le entrer !

SamSam et SamNounours rejoignent le petit monarque. Celui-ci est installé sur son trône télescopique, qu'il actionne afin de dominer ses visiteurs autant que possible.

— Je t'écoute, ChamCham !

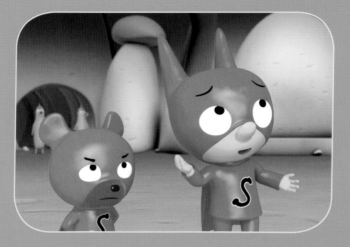

— Majesté, c'est à propos de vos sujets, annonce SamSam.

— Qu'est-che qu'ils ont encore fait, ches imbéchiles ? rugit Marchel Ier.

— Eh bien... Ils jettent n'importe quoi dans l'espace. C'est sale !

— Chale ?

Le roi hausse les épaules avec mépris :

— Cha m'est égal ! Ch'est très bien qu'ils débarrachent ma merveilleuje planète de leurs ordures !

— Oui, mais ça pollue l'espace ! insiste SamSam.
Il faut un peu penser aux autres !

Marchel Ier écarquille les yeux :

— Je m'en moque, des autres ! Oh, et puis, cha chuffit comme cha ! Gardes ! Jetez-moi ChamCham et chon ourch au cachot... Chelui qui chent le chou-fleur pourri !

4. Parole de héros cosmique !

Emprisonnés, SamSam et SamNounours se bouchent le nez.

— On n'aurait jamais dû se mêler de cette histoire ! gémit SamNounours.

— Si ! Parce que, moi, je ne veux pas que l'espace devienne une poubelle ! proteste SamSam. Un héros cosmique ne peut pas tolérer ça !

À ce moment-là, Marchel Ier apparaît derrière les grilles du cachot :

— Alors ? Elle vous plaît, chette délichieuje petite odeur ?

L'air rusé, SamSam lui répond :

— Non, sire, mais elle ne m'a pas empêché de réfléchir. Dites-moi, vous ne craignez pas que toutes les saletés jetées dans l'espace vous tombent un jour sur la tête ?

Aussitôt, le roi affiche une mine apeurée. Il se tourne vers le garde qui l'accompagne :

— Hé, toi, donne-moi ton cachque ! Il ne te va pas du tout !

Il le pose sur sa tête et flanque sa couronne par-dessus.

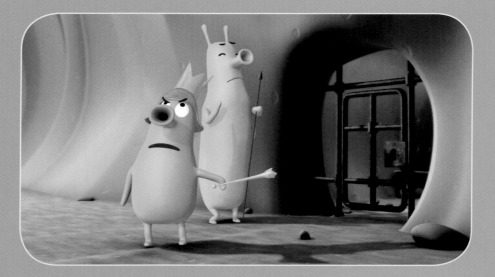

Puis il s'écrie :

— Tu as raijon ! Il faut abcholument agir ! Qu'on fache chortir ChamCham et ChamNounourch !

SamSam lance un clin d'œil complice à SamNounours...

5. Une idée marchienne

Après les avoir libérés, Marchel Ier demande à SamSam et SamNounours de rester sur la planète March. Il veut leur montrer quelque chose...

Armé d'une trompette-fusil spéciale rayon laser, le roi monte à bord de son vaisseau royal. Il exige que son pilote s'envole haut, très haut dans le ciel, puis il se met à tirer sur les détritus.

— Pan ! Pan ! Pan !

Il pulvérise ses cibles.

— Cha marche ! s'écrie-t-il, tout joyeux. Pan ! Pan ! Pan !

— Il ratatine les ordures ! dit SamNounours, abasourdi.

— N'importe quoi, soupire SamSam. Même réduites en miettes, elles pollueront toujours l'espace !

Quelques minutes plus tard, la fusée marchienne
se pose à terre.

Marchel Ier en descend et marche majestueusement
vers SamSam.

— Gardes, applaudichez-moi ! ordonne-t-il. Alors,
ChamCham, que penches-tu de mon idée ?

— Euh... elle est formidable ! dit SamSam. Pourtant, j'ai peut-être une solution qui vous plaira encore plus...

6. La poubelle de March

Quelques heures plus tard, une pyramide de déchets s'élève sur le sol de March. Et à son sommet trône... une statue de Marchel Ier !

— ChamCham, tu es vraiment chûr que ch'est une bonne idée ? demande le roi.

— Oui, sire, affirme SamSam. Plus vos gardes empileront d'ordures, plus votre statue dominera la galaxie !

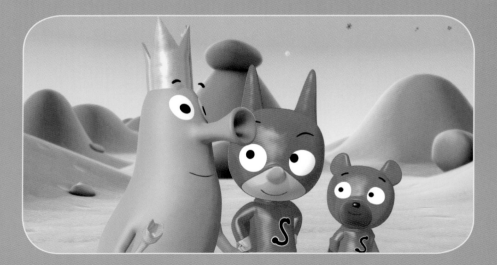

Satisfait, Marchel Ier sourit. Puis il proclame :
— Dorénavant, il est interdit de vider les poubelles
dans l'echpache ! Ch'est ichi qu'il faut les apporter !

Mission réussie pour SamSam ! À présent, il peut repartir avec SamNounours vers la Samplanète.

— Enfin une loi marchienne intelligente ! se réjouit SamSam.

— Une loi intelligente et durable ! Le roi adorera admirer sa statue dorée..., s'amuse SamNounours.

— Ça, c'est sûr. Ou plutôt... ch'est chûr !

FiN

Si tu as aimé cette histoire,
découvre vite une nouvelle aventure de **SAMSAM**
dans **Un marcholéon trop mignon.**

En sortie avec sa classe sur la planète March,
SamSam découvre un marcholéon, un animal tout rond
et tout mignon qui change de couleur selon son humeur !
Le petit héros a très envie de le ramener chez lui,
mais c'est interdit...

RETROUVE SAMSAM

Mon grand livre de jeux

Des jeux, des bricolages, des autocollants pour découvrir l'univers de SamSam !

Le grand album de SamSam

Pour tous les fans de SamSam ! Un très beau recueil des aventures de SamSam parues en bande dessinée dans le magazine Pomme d'Api.

Les activités

Des histoires à lire, des jeux pour rigoler, des coloriages pour s'amuser et 50 autocollants pour tout décorer.

un héros du magazine

Retrouve SamSam

dans le magazine **PÔMME D'API** et le magazine **SAMSAM**

Création originale de Serge Bloch © Pomme d'Api / Bayard Jeunesse, 2000
© Bayard Jeunesse Animation / Aranéo AS / Gulli
Avec la participation de France 5, de Tiji, du Centre National
du Cinéma Français, et avec le soutien de la région Poitou-Charentes
et du département de la Charente, 2007.
Réalisé par Tanguy de Kermel – Bible littéraire d'Alexandre Révérend
Pour la présente édition :
© Bayard Éditions 2010
18 rue Barbès, 92128 Montrouge Cedex
Scénario de Alexandre Révérend – Adaptation de Anouk Journo
Dépôt légal : novembre 2010
Loi 49 956 du 16 juillet 1949 sur les publications destinées à la jeunesse.
Imprimé en Chine
ISBN : 978-2-7470-3237-7